My Neijiayan
by
Xiang Yixian

我的聂家岩

向以鲜 著

华东师范大学出版社

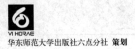

华东师范大学出版社六点分社 策划

童年就像身体中的身体

陈腐血液中的新鲜血液

——［比利时］弗朗兹·海仑

目 录

辑一　银卷尺

辑二　闹钟散

辑三　蚂蚁劫

辑五　看火车

辑六　金沙与雪山

辑一　银卷尺

陟彼岵兮，瞻望父兮。

——《诗经·魏风》

银卷尺

在錾花的老银表面，芝麻的黑点
散布其间，如同星汉的暗物质
以腐蚀的语言和恒河沙痕
与记忆达成默契

父亲与之形影不离
仿佛随时准备丈量谷穗
麦芒的高度，或放学回家的孩子
山羊般跃过溪水的宽度

事实恰恰相反：卷曲的尺子
很少展露容貌，从祖父传下来的
小银盒，是父亲珍藏的一颗
不欲轻示于人的瑰宝

偶尔也会让儿女们握一握
当父亲郑重递出那团
亮如苍穹一隅的冬眠神物

我听到，沉睡的心脏在跳动

蛰伏在黑暗中心
并为数学或哲学问题所困挠
本是测量事物空间的工具
为何成了时间的见证者

父亲心里似乎早有答案
所以很少抖开斑斓的身躯
银色阴影中，时光的野兽
隐约留下线索

或许父亲一生
唯一测绘过的山川
是自己七十五年的苦厄
和最后要去的龙泉燃灯寺

在寂静的春天
打量尘封的银卷尺
仍然是我怀念的特殊方式
父亲，已退回到更小的银屋子
卷尺在握，万物皆有分寸

核桃世界

啊，老天呀，我可闭于核桃壳内，

仍自以为是无疆限之王。

——莎士比亚

还是青涩的时候

我注意到一个现象

大多数果实躲藏

于叶底。像喜鹊躲藏

于谜语或丛林

一颗、一簇、一树

好多丰收的歌谣啊

苦味的星辰缀满枝头

整个聂家岩的夏天都卷入

一场关于核桃的宗教

层层包裹：翡翠的袍

斑驳黄金支撑起

思想的穿窿

并以造化运行方式

无限接近玄学的丘陵

那儿白雪经年，泉水绕屋

世界突然恍惚起来

孩子与老人相互叠映

唉！核桃啊核桃

时光雕琢的崎岖珍宝

当我再次凝视

掌中油亮的阡陌之美

心中升起无限敬意

仿佛从另一个角度

重新审核自己

香樟树

你的树和我的树的沉睡

仍然交融在黑夜里

——博尔赫斯

把你叫做一棵树

我的心会莫名跳动不安

仅仅从生命形态来看

你确实只是一棵树

碧叶霜皮，根须一应俱全

和头顶的天空相比

十亩树冠还不算太辽阔

金枝停云，四季浓荫匝地

倾斜小院落仿佛一架

悉心蔽护的青瓦鸟巢

数人合围的躯干堪称雄奇

比杜甫讴歌的柏树还要摆谱

有人曾试图砍死你做成传世嫁妆

贼亮的刀锯在黛色峭壁映照下

显得苍白，那样不堪一击

而潜行交织的蟠根虬节

是聂家岩地下的绝对王者

控扼着所有的缝隙和水分

并以不可思议的神秘力量

穿透小学操场，梯田及墓地

至于昼夜分泌的爱情或樟脑

造化独一无二的辛香瑞雪

不仅杀万千虫蚁于无形

假若配上黄连薄荷、当归槐花

则可以清心、明目、防腐蚀

当整个村庄都置于长风流苏

与狄安娜的伞形月色中

我的睡梦全是仁慈的叶子

全是母亲怀抱一样的影子

香樟树下的世界总是让人放心的

请宽恕我这样轻描淡写地
谈论故乡翠微的神灵
千百年来的毗沙门撑着一柄华盖
即使我满含热泪匍匐于麾下
也丝毫不能有所裨益

好吧，无比霸道的香樟树
青春不老的巨人手掌
我只能视你为一棵树
在燕翼一方生民的大树面前
再掏心掏肺的赞美都是陈词

聂家岩

妈妈的菜园子

半个世纪以前，我们总是问
妈妈，为什么不搬到城里去？
所谓城里，就是比弹丸还小的曾家乡
或者略大一点的罗文镇

妈妈说，十八岁就到了聂家岩
这儿多好！有香樟树，有陈姨，有伯娘
有妈妈亲手糊出来的篱笆墙
还有，还有……

望着操场那边，妈妈呢喃着
还有那一片辛苦开垦出来的菜园子
妈妈伸出双手，透过阳光
大大小小的血泡发出宝石般的光泽

于是，我们继续住在聂家岩
继续读书，识字，跟着妈妈刀耕火种
问题摆在眼前，城市的灯火

仍然遥遥不可触及

直到半个世纪以后，直到前几天
我回鱼洞探望妈妈，从十八岁
到八十多岁啊，我才从妈妈那儿
得到答案：为了那片菜园子

只有在聂家岩，只有在那荒凉的乡村
才能开出一片相对自由的小天地
没有它，我们几个如狼似虎的小家伙
就得饿肚子，甚至可能饿死

马迹

早先的聂家岩
一定有段辉煌的驯马史
那道名叫跑马梁的小山丘
表明曾经良马驰骋

而今此地杂花生树
再也找不到狂奔的踪迹
仅从那道缓坡与弯道来看
仍堪称跑马射箭的天然较场

口述史也可资旁证
当过营长姨太太的任婆婆
闲坐时会讲起民国年间
如何如何骑马下重庆

这段人们最爱打听的
聂家岩与马相关的惊艳秘闻
我至少听了一百遍

后来也人去楼空再无响应

另一条线索更为古老
更值得稽考索隐
在大山背后的马蹄湾中
巨石之上深嵌着半圆裂痕

村里的博识者说
长着云翼的天马随仙人而去
蹄中轻烟尚未散尽
用手一扣会灼痛掌心

大自然的战鼓终于熄了
唯有星斗，不停转移走马的灯

马灯

用柴灰、旧报纸和破棉布
把金属支架与玻璃贝壳
反复摸得透亮

孩子们撒野峰谷时
晃动的灯影
比营长的快马还快

煤油烟味儿有些呛人
从聂家岩涌出的炽烈味道
才是世间无上妙品

群山的马眼啊
暴风雪再蛮横也无法吹熄
那一枝心猿意马的灯

跑马梁

写字岩的牛蹄

写字岩边吃草的黄牛
再也无法吃草了
写字岩边奔跑的黄牛
再也无法奔跑了

我常常想起这一幕
一个孩子，为了表达
对知识的敬意
风雨兼程

桐树叶包好的礼物
悄悄放到妈妈的窗前
叶子里面的牛蹄
还滴着鲜血

牛粪如烟

嗯，我在路易斯安那铲粪。

——巴顿

在所有的动物粪便中
我唯一能接受的是牛粪
它不仅与传说的黄金有关
更与低矮的房屋有关
还是治疗冻伤的良药

聂家岩的牛群三三两两
黄牛最英俊，松林间撒野
浓墨的水牛和孩子们欢叫着
点染外公守护的池塘
大地馈赠无所不具

裹着青草和麝香的气味
各种颜色的甲虫出入其间
来自于反刍与回忆的世界

每一个腐朽角落
都被太阳烤得透亮

这就不难解释牛粪的黄昏
为何如此壮丽又暖心窝
值得思考者：燃烧的光芒
常常来自于卑下之物
甚至是俯仰即拾的脏东西

犹记得和伙伴的快乐游戏
将手中余温未消的粪团
像酷毙的巴顿将军一样
使劲儿摔到老墙上
牛的力量已转化为潜伏火星

只需一根瘦小的火柴
就足以点燃童年的落日孤烟

牛背上的风

风爬上牛背
羽箭爬满雕弓

风爬上牛背
雕弓爬满乌云

风爬上牛背
乌云爬满牛蹄

风爬上牛背
牛蹄爬满泪水

风爬上牛背
泪水爬满乡村

牛背上的风

狮娃儿

狮娃儿并不是
一对人的孩子
而是一对清代
雕成的石狮子

两只硕大的头
相互对望
舌尖翻卷着
活动的珠子

屁股雕得平坦
以便承受住
整个堂屋的
万钧重量

这种设计思路
于匠心之中
颇显残忍

淘气的孩子

哪怕是
狮子的娃儿
也不应该承担
如此的责任

好几次打电话
想问问狮娃儿
大厦之将倾
狮娃儿，你好吗

雪夜火塘

雪压群山的除夕
聂家岩小学的火塘
跳动一簇簇热血英雄

父亲的酽茶
酽茶中的水浒或三国
只是其中一部分

全家人都在等待
最明亮的一部分
最红火的那一部分

妈妈停下手中的针
这时，骑着驯鹿的
李显荣叔叔来了

每年除夕，李英雄
准时送来珍藏的树疙瘩

送来满屋燃烧的黄金

在雪夜，只有来自
树根深处的遒劲火焰
才能温暖全世界

谷垛

对于收获的渴望
凌驾于众神之上

不是因为：稻谷
比黄金更珍贵
比太阳更热烈

而是因为：稻草
孩子们的稻草
一直堆向云霄

扇形的暮色
围绕着古树一圈
一圈打开

接着，冬天来了
孩子们搭建的
雄伟金字塔

被牛羊一口一口
吞进庞大的胃里

亮瓦

为了抵御黑暗和雨雪
聂家岩的很多屋顶
在青瓦纵横的苍苔之间
都镶嵌着一片亮瓦

长方形的玻璃
烧制成瓦的弧形
将阳光、星光或云烟
略微放大，笔直衍射下来

悬在空中的透明舞台
寂寞是唯一的主角
孩子，麻雀或跳跃的猫
都只是短暂的剪影

短檠

微弱的金色
向上和四周生长
低矮中吸取能力
裹着爆破的繁响

以隐藏方式
回到事物中央
短促的向日葵
阴影也浸透阳光

[注]"短檠"即短颈油灯,聂家岩的照明工具之一。唐韩愈《短灯檠歌》说:"长檠八尺空自长,短檠二尺便且光。"

细斧

在故乡聂家岩
我最想得到的不是糖果
或崭新的课本

在故乡聂家岩
我最想得到的，是一把
细小斧头

细到可以放在巴掌上
细到可以放在耳边
细到可以含住

但必须具有斧头的
一切形式之美
斧头的一切功能

直到我离开聂家岩
直到今天，我也没有得到
一把迷人的细斧

火柴盒

整个村落
整个聂家岩的火种
维系于最后一根火柴时
那种神圣的感觉
我曾体会一次

一次
就足以决定一生的亮度
左手握住盒子侧面
右手拇指和食指
夹着苍白的木材

高速摩擦的瞬间
得加倍小心：致命的
呼吸，可能毁掉一切
当游丝般的火苗
在灶膛里逐渐强大

燎原之势，真美

我看见火光中的泪水

不是来自眼眶

而是来自高加索的峭壁

春雷

不在天上滚
也不在头上炸
而是紧贴着耳朵
贴着耳膜

透明的爪子
拨开一丛丛汗毛
以声音和速度
之槌轮番起舞

宇宙的重金属
全都聚集于此
都来耳中怒演
聂家岩乐谱

直到把自己耳朵
万物的耳朵
敲打成一面面
春天的战鼓

挑水的距离

挑水的路上
妈妈遇见一个孩子
饥饿使他不能够站立
妈妈汲满井水快步返回

盛满井水的木桶倒了
盛满苍穹的井水枯了
苍穹之下，美丽的孩子
静静地走了

人的生命有多长
比井水的源头还要长
人的生命有多短
比挑水的距离还要短

坟梯子

明清时代的彩绘古坟
雕着车马、楼阁和忍冬纹
大部分已经模糊
青苔中的颜体尚可阅读
"一轮明月照斯人"

可是，连明月也暗了
还能怎么照耀

只剩下一排石梯子
从"明月"故乡铺向高空
聂家岩的人叫做：坟梯子
每天都有人踏上这条
神秘的幽径

可是，连梯子也散了
还能怎么上升

柏木

外公摸着柏木说
如果哪一天有了响动
就是打开的时辰

我用小手用力拍击
柏木的侧面，里面传出
一阵阵山谷回声

整个聂家岩小学
都激荡着那由弱
及强的虎啸与龙吟

黄昏中的柏木
沉睡着柏木的聂家岩小学
如同一架巨型管风琴

松树的火

无数的小手
从黑松林的眼睑掏出
一堆半透明的盐和糖

结晶的泪滴
散发着比整座森林
还要香得多的死亡气息

只要闻到
沁人心肺的香气
再长的寒夜也无所畏惧

松树的火
珍藏在时间深处的种子
总会在意想不到的时候暴烈

梦花树

妈妈领着孩子们
来到聂家岩操场一角
那儿有一丛名字好听的小树
上面结满了花朵和疙瘩

妈妈让孩子们
背对着跪在小树的前面
反手将柔韧的枝条
挽成一个 8 字形的疙瘩

妈妈告诉孩子们
一个疙瘩代表着一个梦
我们转过身来，细数着
一串串星星般的疙瘩

已经很久没有做梦了
梦花树啊，多么想让妈妈
带着我们，跪下，再挽一个
永远也解不开的花朵或疙瘩

一根绳子

从老棕树身上
剥下一层层裂开的衣裳
再从经纬中抽出缕缕
金黄色光芒

手中的竹轮不停地旋转
一根拇指粗细的绳子
带着龙蛇的野蛮气质
盘踞在聂家岩中央

穿过水牛的鼻孔
晾过被褥、布鞋、烟叶
还被用来凶狠地捆过
父亲瘦弱的手腕

谢幕的时候到了
出身富农的任元礼叔叔
用一根快要朽掉的绳子
就把哮喘的残生挂向天堂

影子屋

聂家岩的每个地方
每条粘着蛇皮的山洞
每片青蛙密布的漩孔
每块麂子飞过的石头
我都钻过，摸过

只有一个地方除外
在嗑血的李主任隔壁
又小又黑的影子屋
里面有副朱红架子床
和一部坏掉的楼梯

那儿是孩子的禁地
也是勇敢者的雷池
迄今还记得人们
谈及此一神秘空间的
神色和窃窃耳语

"从梯子上飘来的影子

美死了，美得要死人"

乌龙传

乌龙是一条狗
陶潜说：会稽张然
养一狗，甚快，名乌龙
我说的是另一条

聂家岩的乌龙
与沉默的乌金或闪电
相似，乡村安全守卫者
天然带有几分神性

乌龙能够闻到
所有危险的气味
黑暗中强盗的气味
黄昏里鬼的气味

望着巨大的饭团
比珍珠亮，比雪好看
这一次，乌龙从中闻到了

死亡的气味

乌龙倒，玉山倾
古老的杀戮智慧
隐藏于饭团的笋壳刺
猛烈地扎进喉咙

扎进血管扎进毛孔
扎进无比纯善的灵魂
扎痛聂家岩每一根
饥饿的神经

辑二 闹钟散

孤独，我的母亲

请再告诉我，我的生活

——［法］德·米洛兹

闹钟散

母亲以红色蘸水钢笔
在方格子作业本上划过
聂家岩的暗夜，然后把一只
拳头大小的圆脸闹钟
从板壁上取下握于胸前

熟稔地拧住巧妙的机关
沿着反时针方向旋转几圈儿
并随手关上纸糊的旧木窗
蛙鼓乱击的小学才落下帷幕

天气放晴时，母亲也会在正午
将闹钟置于走廊前
依照青瓦及槐树的晷影
去校正时针和分针的位置
要么向前拨，要么向后拉

闹钟的背面长着几只

时间的旋扭：它们掌握着
快和慢，春与秋
仿佛大地深处探出的小耳朵
撑破比薄暮更薄的玻璃罩

倾听不断退后的炊烟
苍茫的谜语，催促一只猫
冒着必将被母亲惩罚的风险
将嘀嗒作响的尤物衔至阁楼

我试图弄清这部寻常
但充满古典气质与玄学
精神的机械，和晨昏、雨露
以及果实之间的关系

如果拆开甚至毁掉
控制着偏僻之地作息与欢乐的
小家伙，淘气又伤感的暑期
繁星蔽月的流光
会不会戛然而止？

事实上，杀死一只时间的动物

远比杀死一只黄鼠狼，敲开
一颗青核桃要困难得多
当我用剪刀、牙齿和羊角锤
奋力揭下金属的硬壳时

才发现，拆散一部闹钟
等同于拆散一个旧世界
满腔多么复杂又精密的组织啊
齿轮、链子、发条、螺丝、锈蚀

各种各样的高低错落
无法理解的绷紧与松弛
正与反的力量灌注其中
如空明的血液奔流于丘壑

直到今天，我仍记得
深锁的弹簧被打散时的惊惶
那完全就是一条
幽闭的，韬光养晦的蟠龙

急速扩张的金色鳞片
照亮尘封的课本，虽然尚不认识

里面的任何字与词——

我确信那一刻，六岁的孩子

负荆向母亲赎罪的小精灵

已触及致命的秘密

穿云箭

近半个世纪前的夏夜
让人想痛哭一场的夜晚
贫穷中的万峰环绕
今天再也无法相遇

烟霞山和覃家坝河
聂家岩的瓦舍、墓园
和恐惧　一齐被母亲
怀中的新月镀亮

父亲斜倚在破竹椅上
旁观着儿女们的游戏
我和弟弟神色庄重
俨然古代部落的猎手

虚拟着稍纵即逝的麂子
獐子或别的可疑动物
在水银乱泻的操场浮现

汗青弓紧绷麻绳弦

速度之外，最迷恋的
是那种弦外之音
晚风之中的弓弦振荡
比蜜蜂翅膀的轰鸣短暂

却微妙，更易激动心灵
悲凉中蓄积力量
童年沙场，出征的旋律
从脏兮兮的小手弹射

高粱箭杆掠过柳枝剪影
我们从父亲口中知道
世上原本还有一张
神气十足的箭

从陈塘关劲射天下
即使是高不可及的太阳
或隐居深渊的龙王
均为三太子的靶心

父亲娓娓道来的故事
让手中的武器突然
变得羞涩又寒酸
却唤醒沉睡的想像力

我和弟弟在睡梦中
踏着哪吒的箭锋勇往直前
第一次接近了苍穹
并试图领略无限的含义

父亲轻掸夏夜的尘埃和露水
母亲则躬身拾起散落地上
被抛弃的火烧竹制玩具
用衣襟细心包裹起来

像包裹一个弦月变化的秘密
于父母而言，睡梦中的孩子
艰难拉扯成人的儿女们
才是她穿云痛心的箭

角恋

在弯曲和变化中
时光潜入螺旋隧道
只要切开坚硬的顶端
就能发出鸣叫

我于此类事物之迷恋
已达极限：水牛角
黄牛角、山羊角
用棕榈叶编成的号角

所有的角
都带着骚味道
骚得心儿痒，最骚的
是鼓满风的嘴角

有一次，当我贴进
一条耳中暗道
（这也是一种角

向内部生长的角）

用力吹出一股暖流
我听见了大海的咆哮

纸飞机

把小学语文课本
最好看那一章
最善飞的那一篇
画有大雁的那一页
悄悄撕下来

哥哥手绘示意图
辅以纯洁物理学原理
彩色粗纤维纸张
折成一只扇面的鸟
一架战略轰炸机

切进蔚蓝之前
还得向尖锐头部吹入
一口巫术的气息
吹入生命的滚滚热浪
成为第一推动力

折叠的凌风壮志
折叠的聂家岩剪影
一百次，滑落虚谷
却有一百零一次
从烟霞山的漩涡

返回小学语文课本
课本中的插图
返回大雁的翅膀
翅膀下的气流
返回我的嘴唇

竹电话

以铜丝作电缆
以竹筒作听筒
以雄鸡的羽毛
作振动扩音器

再加上点距离
加上孩子渴望
与大世界沟通
的本能，一部

聂家岩时代的
简陋通讯设备
在两只耳朵间
传递着，微风

翅膀、惊喜和
咒语般的对白
你好，我听见
你好，我梦见

照水井

我的轻微恐水症
来源于聂家岩那口
用青石条砌成的
老水井

所有的聂家岩孩子
都被告诫：切勿
靠近，又深又陡
又清澈的地方

禁忌，常常构成
一种巨大的诱惑
我隐秘地看见
一片椭圆的水

并从中看见了
反方向的云朵、落叶
鸟群，不断向下

向水底踊跃

只有一样事物
向上漂，镜中人鱼
或脸，越接近水面
就越接近心跳

落日瓶胆

放学回家路上
突然出现一道光
从溪水对岸扫过来
"银子，银子！"

被幻想烧昏的同学
一边奔跑一边惊叫
一定是银子，只有
银子才让人发狂

当我们奋不顾身
扑向黄昏中的阿里巴巴
才发现，哪儿有什么
银子，银子

落日下的镀银碎片
一堆瓶胆残骸或镜像
将整个孩子的山谷

照耀成无尽宝藏

从未见过银子的
眼睛比银子还亮

泉水引

将悬崖渗出的泉水
引至上学的小路边
这种微型引水工程
充满了结构的玄机

首先你得曲尽转折
要在棕榈叶子之间
在石头与青苔之间
寻找到错落的美感

然后是角度和平衡
当泉水从高处落下
砸在叶脉上，还要
听得见叮咚的响声

做一个认真的孩子
真不容易，做一个
具有水利设计感的

孩子，那就更难了

经过一番营造法式
苦命的太阳，终于
看见自己的杰作像
一条翠蛇蜿蜒而下

故乡的房子

打水漂漂

堰塘或河道积满雨水
困惑，也就摆在了聂家岩
少年面前：如何让石块
及残瓦，掠过大自然的
明镜，始终没有找到
最完美的答案

我所擅长的方式
尽量放低身体，越低越好
让脸部与水面保持同一高度
然后，再把自己想象成
一柄薄薄的刀刃
以最小的夹角切入

涟漪啊，不断扩散的
希望和失望，掌中的燕子
凌波碎舞，大部分快速沉没
只有极少的幸存者
到达发光的对岸

偷石榴

如果我没有记错的话
聂家岩的石榴树只有两棵
一棵长在小学操场角落
一棵长在李大爷的自留地

小学这边的石榴树
由于缺乏营养，疏于管理
往往只开花不结果
偶尔结几粒，细小又黯淡
如同发育不全的奶子

自留地的石榴树一到秋天
则完全是另一番模样
沉甸甸的果实又大又红
比李家六个姑娘还要红
滚圆的形象，让人难以释怀

大自然从来就有安排

乡村的一切也在安排之中
荒凉的地方，交给山雀和虫子
丰收的喜悦，被我们三兄弟
以狡黠的方式窃为己有

红色的石榴籽儿
还没有溜进贪婪的嘴里
李大爷的阴影已闻香而至
更可怕的是：在他的身后
站着愤怒又绝望的母亲

对了，忘记告诉你们
石榴的刺是最最锋利的
要摘下一枚石榴，幼小的身心
不知要扎伤多少次

粉笔与货币

一种来源于碳酸钙
石膏与水的书写工具
在鲜老师儿子的裤兜里
扮演着另外的角色

残存的笔头可以换取
大把韭菜，大瓢山泉
一枝完整光洁的彩色马良
几乎可以换取我想要的

一切：核桃、菜油
木雕神像及河里的卵石
红苕糖果、镰刀、铁锤
还有整天的统治权力

从小小的贪婪开始
粉笔已摆脱笔的束缚
纷纷扬扬变成一枚
手指般珍贵的货币

敲梆梆

包谷穗子越来越红
夏天的乐园，搭建在悬崖边
用柳枝、青枫树叶和蓑衣
组成的临时哨所，看上去
很像鹞子翻身的窝

窝里的孩子轮流敲击
一段掏空的木头
发出"梆梆""梆梆"的响声
介于鼓声与雷声之间
被覃家坝的河风吹得很远

节奏感是天生的
一群聂家岩的淘气鬼
将驱赶强盗和野鸟的枯燥劳动
敲得有声有色，摇摇欲坠的
舞台，敲成重金属

伴随强烈的回响

发出阵阵悠长的叫唤

警惕与恐吓的高音部

在原始摇滚中

我们找到了古老的先锋精神

炼锡术

聂家岩的炼锡术
就在火塘边进行
锡是孩子们最喜欢的
熔点低，容易获取

一卷牙膏皮或香烟盒
一柄铁勺、一把柴火
和一点点即兴念语
银色的滚烫露珠

就会从青烟中滑出
神灵的掌心，沁出来
一滴滴并不圆满的启示
不断幻化着形态

不断趋于凝固的形态
趋于古老又天真的形态
有的变成了乌鸦
有的变成战士

偷听敌台

聂家岩的星光
隐藏着诸多秘密
稻花与猎奇弥漫，拨动
心弦的是偷听敌台

尤其是偷听美国之音
这要命的异域诱惑
由半导体、短波及敌人
合成的危险信号

华府新闻，彼岸旋律
颠覆的幻觉传播出
另一面，词与物的真相
撕裂封闭的乡村秩序

在强烈的噪音干扰
和巨大恐怖中，在铁围山
聂家岩的精神小贵族

勇敢地偷听到

心跳、自由、坠毁

还有凤飞飞龙飘飘邓丽君

何日君再来，晚风啊

擒住灵魂的七寸

坦白吧：在苦难的年代

偷听来的靡靡之音

不仅唤醒我的政治和性意识

也渗透着血清的力量

阿刻罗伊得斯的声色

足以颠覆寂寞的世界

[注] 希腊神话塞壬女妖（Siren），别名阿刻罗伊得斯（Acheloides），
常以迷人歌喉令水手倾听失神，致其船只触礁而沉。

砍柴少年

聂家岩的饮风少年
都是砍柴好把手
鲤鱼背，月芽刃
青石条磨成了银子

天刚麻麻亮
一柄弯刀，一根绳
砍柴功夫在柴禾之处
先砍薄雾再砍露水

深林返照着刀光
返回大山的清洁能源
灰塘跳跃碧火青烟
还有松脂的眼泪

砍柴的少年
早已无柴可砍了
却常常模仿山谷里

手起刀落的姿势

即使谈恋爱讲古典文学
也从未丢掉砍柴绝技

雪人

我一直鄙视
那些用很多积雪
堆出一个所谓
雪一样的人，瞧！

那根本不是
滑稽又难看，尤其是
肥胖臃肿的身体
以及红萝卜假鼻子

聂家岩的雪人
是活的，滚动的
雪越下越大，上学的
雪人，越来越小

小到看不见人影
漫天的风雪
都成了雪人的帽子
围巾和无边的棉袄

棉花匠

迄今为止，我仍然以为
这是世上最接近虚空
最接近抒情本质的劳动
并非由于雪白，亦非源于
漫无边际的絮语

在云外，用巨大的弓弦弹奏
孤单又温柔的床笫。弹落
聂家岩的归鸟、晚霞和聊斋
余音尚绕梁，异乡的
棉花匠，早已弹到了异乡

我一直渴望拥有这份工作
缭乱、动荡而赋有韵律
干净的花朵照亮寒夜
世事难料，梦想弹棉花的孩子
后来成了一位诗人

饥饿艺术家

毫无疑问，在聂家岩
大哥向以桦是唯一的艺术家
不仅能把"我爱这蓝色的海洋"
唱得很危险，充满小资产阶级情调
还画得一手好画，把映山红
画得比鸡冠子的血还红

重要的是，聂家岩的带头大哥
拥有一整套对抗饥饿的艺术
并且，是一个饥饿时代的
天才魔术师或表演艺术家
妈妈留下的四只苹果不翼而飞
藏在土墙夹层的核桃总被老鼠掏空

在我们寻找泉水时
捆好的柴禾会突然之间变大
最惊艳一手：白萝卜充当腊猪油
借着火焰、青烟与铁器的帷幕

骗过我们一双双冒着

金星的眼睛

关于身体的诗

1.种牙齿

牙齿掉了
孩子种进土里
下面还没发芽
上面已长出幼齿

牙齿坏了
老人从土里
提炼昂贵陶瓷
种进空洞的口里

种进土里的
最终结出果实
种进口里的
最终磨成沙子

2. 小苏联

我的头发
从出生那一刻开始
就注定要成为
乡村的另类

直到在电影中
看见保尔·柯察金
也生长着一头
金黄的头发

才开始享受
小苏联的绰号
无比自卑的头发
突然很洋盘

暗自不解的是
聂家岩的树木
为什么也会黄
黄成俄罗斯的样子

3.喉结

女孩子们多好
光滑的喉咙
清亮的嗓子

自己的声音
却越来越难听
越来越低沉

我试图用沉默
来对抗这些
凸起的变化

但没有用
扩张的共鸣
已吹响少年的号角

4.柱子的秘密

多情的尾生
抱着柱子
被洪水淹死了

我在聂家岩

抱着柱子

被性启蒙了

从柱子上滑下

摩擦的力

擦燃了裤裆

5. 磨掌

要让手掌变黑

就用碧绿的核桃水

反复浸泡

我想要的手掌

直接从火中取炭

掏空牛圈的粪

要让手掌变硬

就用美丽的鹅卵石

反复打磨

望着一双胖胖的
长不大的手掌
我很绝望

6. 养刺

上山砍柴时
植物是反抗的锐利大师

一颗刺刺进手背
在煤油灯下闪闪发亮

把刺养在皮肤里
把痒和痛养在时光里

由红变黑，由里及外
养成一颗痣

7. 只有影子才是美丽的

哥哥长得比我帅
弟弟长得比我乖
在他们和镜子面前
我好难看

但是，借着月光
或阳光的投射
瘦小的身躯
瞬间变了

自己爱上自己
自己命令自己
仿佛一名帷幄中的
英武将军

我一直相信
只有影子才是美丽的

辑三　蚂蚁劫

苍蝇之于烂漫的孩童

正如我们之于诸神

——［英］莎士比亚

蚂蚁劫

近于虚无的遥远夏天
又大又黑的金刚战士们
举着剪裁得当的柳叶旗帜
向着落日堡垒飞逝

那片小小的沙化高地
雄关连着漫道，烽火照遍亭台
仿佛鏖战方休的埃及法老
眺望尼罗河颓废城池

更庞大的阴影及预感
来自于专心注视
天真烂漫的司芬克斯
突然焕发怪兽固有的残忍念头

酷暑中的秘戏巧妙又激烈
一方进退无定迂回有术
灵动的爪须如闪电

一方攻防恰到好处

在聂家岩小学的孤独球场边
儿童无端肢解一只
卑微又勇敢的动物
卑微得看不见一丝血迹

这情形并不罕见
并不比驾驶吉普猎杀曼德拉雄狮
或用高能武器击毁民航客机
多几分冷酷、少几分仁慈

1970 年的炸药

1970 春天
聂家岩的香樟树打开巨伞
那真是无风的好日子
我偷走了一圈儿导火索

白云的棉线
缠绕住凶猛天性
让它在掌中盘桓一会儿
像远山安静的暴风雪

然后以铅笔刀
划开闪电的断肠
空气中顿时弥漫硫磺
与木炭交织的呛鼻气味

收拾起满地黑色花蕾
沉于墨水空瓶底部
其上筑入一层

研细的干燥浮尘

当孩子气的危险装置
还未嵌进石缝之前
心中早已翻卷六月惊雷
我沉湎于想像中的日月失色

深恐转瞬即逝的爆炸
会毁掉邪恶的乐土
一只觊觎多时的松鼠
好奇地迫近观察夺命坚果

试验在惊惶中收场
除了轰鸣和烟雾
在枯树的上空停留
便是一道意外的伤口

1970 年的炸药威力
一直刻于面壁之夜
玻璃碎片呼啸着
从我右眼角掠过

倘若在镜子前发呆

就能看见从前的电光石火

正在缓慢地聚焦

光明与黑暗合谋的炸药

从未停止化学反应

玩枪

重庆知青蒋老八
有一把火药滑膛枪
说是自己铸造的
谁也没有见过

我用木头玩具
对着树上的花喜鹊
模仿电影中
很酷的射击姿势

蒋老八走过来
傲慢的目光落在
粗糙的木刻上
八字眉刀片一样抖动

在茅屋小窗前
我见到了真家伙
冰凉、沉重、乌金发亮

枪把上刻着獠牙

蒋老八闭上右眼
右手平伸出去
喉结抽搐着：玩这个
才可以杀人

弟弟小果撞见我
仿佛怀璧而遁的异样神色
尾随来到偏僻墙垛下
那儿有一段乡村废墟

射击的原始欲望
越是克制越是喷薄欲出
兄弟俩一同举枪瞄准
西天的落日

吞火的三足鸟
让手中的金属突然响动
还没等小战士反应过来
已不见了枪迹

失聪的火烧云变成慢镜头
蒋老八绝望地从硝烟中
掏出一截硬生生
插入墙体的枪管

生锈的洞口早已蛛网密布
并不断扩散、变得稀薄
耳孔中澎湃的世界
常常是寂寥的

蜻蜓游

火红的飞行家
樱桃玛瑙中的四翼客
一直遨游于聂家岩的晴空
无所畏惧地展示御风技巧
滑行的侦察者，俯冲的无人机
这可让下面的人儿受不了
还有令人绝望的：悬停

在断崖、在耳朵边
有一次，差点儿就停在鼻子上
翅膀上的纹脉又薄又亮
在两瓣椭圆形复眼中
甚至看得见竹篱瓦舍的倒影
还没有等到人们惊叫
它居然做出一个鬼脸

太过分了，这纯粹就是一场
挑衅，一场充满俯视意味的

仪式表演！高傲的长尾巴英雄
你应该知道，你必须知道
向一个幼稚的暴君发起挑衅
是极其危险的，绝地反击
从透明设计的陷阱开始

世界，张开一面虚无之网
缥缈的精灵与火焰啊
终于被翠竹和蛛丝扑灭
奇怪的是：望着垂死挣扎
试图重返上苍的手下败将
夏天的孩子，突然集体失声

捕鼠器

三根刮削得当的斑竹片
构成阿拉伯数字的"4"
加上沉重的石板和一小块诱饵

杀机四伏的工具
通常布置在危险的洞穴
老鼠的攀越能力人类难以企及

人类的伪善和心机
却是老鼠永远无法想象的
被巨石压成扁平状的贪食者

看上去更像是乌黑的山魈
一团被贫穷碾烂的败絮
一团饿得流血的影子

捉雉

经过一整天的潜伏
期待与焦灼之后
我的猎物，不，不!
我的神物

一只分岔的彩虹
令圣人也迷惑的啼鸣
毫无来由，落了下来
幸福，落得好突然

透过茂密荆棘
我看见了锦绣之身
我看见了灰眼珠
我看见了单纯

失败的捕风捉影
在持续不断的旧梦中
倒带一般

浮现

有一次
我捡到一根花翎
还有一次
甚至摸到了它的化身

山　路

射蝉

从父亲口中
知道蝉的故事
我决定亲手
射死一只

从人开始
没有那个胆
然后选择黄雀
羽毛也没挨边儿

还是射蝉吧
相对比较容易
用青竹弯成的弓
不断瞄准柳烟

夏天快要结束
满树的蝉鸣
在我的箭锋中

突然好安静

那时并不明白
所有柳树的背后
所有事物的背后
早有一支箭

拉二胡

"秋天来了

一群大雁往南飞"

我正凭岩诵读课文

没有什么鸟影

却见少女李林茂

从竹丛中钻出来

叫道：拉不拉二胡

没等我明白

戏法已变出一件

比翠竹还要晶莹之物

弹跃着咝咝绿火

左手高扬像抓住

宣誓的旗帜一角

抖动舞蹈的噬尾

右手则攥着一段枯枝

随毒牙而周旋

演奏的指法巧妙又凶狠

仿佛真的

挑弄着二胡

绿袖子聚散于

纤弱无畏的琴声

在死亡之巅

将笔直的乐器

蜷成一团用力扔出去

半空中：昏迷的

竹叶青似已苏醒

大地

又将拉开自己的丝弦

烧蚂蝗

蚂蝗没有骨头
夏天的嘴没有牙齿
却能剥开人和牛羊的皮肤
变成麻醉师和吸血鬼

还有关于蚂蝗
杀不死的传说
有人声称，亲眼看见
蚂蝗在火中焚烧

又在井水中复活
一粒灰烬，就是一粒新生命
为了探索蚂蝗的真相
我至少烧死过九条

熰火不熄，稻田里的
蚂蝗，越烧越多

闹鱼

猎奇与野性驱使
纯洁的儿童，将生石灰
倒进清澈的覃家坝河

雪白的粉末与碧潭
发生剧烈的化学反应
整个黎明沸腾了

沉睡于卵石背后的青鱼
红鱼和白鱼，被突然到来的
噩梦呛醒、灼烧

逃命的弧线划破天际
鱼肚的白，确实白
集体的死亡，闪现从未有过的壮丽

瞌睡虫

为了捉住蛊惑者
我找遍荒芜的聂家岩
不放过每一副耳朵
每一条透明鼻梁

把毛孔和睡眠放大
金色的末梢神经
编织出巨型花园
那也是幻想虫蚁的乐园

怪物们在暗中发亮
就是没有我要捉的虫子
你藏在夏天的蝉响
还是我的脏书包里

瞌睡虫来了势不可挡
一旦被它盯住爱上
唯一的选择就是

乖乖进入梦乡

瞌睡虫没捉住一只
却被瞌睡剥个精光

望腊肉

暑假的黄昏，四个孩子
哥哥带领着，准时来到横梁下
集体观望母亲留下的一小块腊肉
那是我们整整两个月唯一的
体验肉食动物的幸福之源

挂得真高啊，连老鼠和虫蚁
也无法企及！烈风阵阵吹来
偶尔，会有一滴晶亮油珠
从高空砸下来，直接砸进
蜥蜴般灵动的舌尖

从仲夏望进深秋，一滴油
望进另一滴油，一个黄昏望进
另一个黄昏，聂家岩的肉梅子
真香啊！狠心的哥哥
早熟的脸上露出将军范儿

那些黄昏中的秘密观望活动

迄今仍散发出神圣的味道

苹果悬案

A

妈妈留下的四只苹果
瘦小，青翠，但是公平
四个孩子，一人一只

存放苹果的抽屉
瞬间赋予神秘的力量
谁也舍不得打开

直到次日黄昏
围着虚无的苹果味儿
四个孩子终于决定

打开抽屉，打开的潘朵娜
我们的舌头我们的希望
我们的苹果啊

B

熟读三国的大哥

提议学习诸葛亮与周瑜

各自匿名书写出

可疑的苹果盗食者

唱票的结果

三票指向六岁的果儿

只有一张纸条上

涂鸦着大哥的名字

黑夜中，胖乎乎的果儿

愤怒，无助，不哭

朝着妈妈所在的罗文方向

夺路狂奔

C

多年以后，四个孩子

都有了自己的孩子

仍会提及聂家岩的苹果

伤心的小苹果悬案

苹果的真相越来越淡
贫困时代的真相

即使是玩笑
也有其残酷的一面

呆在一旁的果儿
突然放声大哭

四姊妹的哭声，笑声
仿佛要叫落天下的果实

捡鸭蛋

手持修竹的下江人
带着群鸭，列队走过
聂家岩层层迭迭的冬水田
总会遗留一些东西
腥臭又丰饶的鸭粪
雪白的羽毛，纵横交错的
肥脚丫，以及，天啦！
那浑圆的收获之美啊
现在想起来，我的小心脏
仍然止不住一阵阵狂跳
以及……一枚

在初寒的泥水中
梳子一样，梳理田野秘密
不放过任何可能的角落
彤红的脚趾，终于触及一枚
不，最初只是一小点儿
梦想的顶端，泪水的弧面

然后，过了一秒，一个世纪
才浮现完整的一枚
韬养的果实，冰凉的珍宝
双手捧出水面，仿佛捧出一团
无中生有的光彩

那一刻，我好想停下来
在惊叫的眩晕中，永远停下来

一枚躲在污泥深处的鸭蛋
就是一枚躲在苍穹里的星星

食桑葚的男孩

食桑葚的男孩
天生会写新鲜的诗
食的不是桑椹
而是聂家岩满树的火烧云

食桑葚的男孩
天生善画灿烂的画
把嘴唇、手掌、作业本
和寂寞的山谷染得彤红

食桑葚的男孩
天生就早熟，很早就熟了
食一颗晚风吹亮的奶头
就吮一口爱情蜜汁儿

万物红得发紫、紫得发乌
食桑葚的男孩
天生具有献身精神
把自己食成群鸟争夺的果实

劳动分配制度

漫长的暑期
父母去了遥远的罗文
去集体斗私批修

空空荡荡的聂家岩小学
只剩下大哥，姐姐
我，和弟弟

哥哥用数学般的精确
将繁琐的家务劳动
划分为四份

然后，按年龄优先原则
从小到大，独立挑选
独立完成

民主与自由，并不一定
就是个好东西，我们

别无选择

弟弟永远在扫地
我永远在洗衣
姐姐永远在煮饭

哥哥坐在挑满了井水的
青石缸旁，巡视着
悠闲地吹着哨子

萤火虫之夜

经过仔细观察
我确信，那绿色的
灯火来自腹部
而不是来自翅膀

如果光着脚踩住
向后面轻轻滑动
地上和脚板就会出现
一道幽暗的光斑

如果捕捉得足够多
装进玻璃瓶子
就会成为一盏挂在
聂家岩的夜明珠

我梦见自己吞下
无数朵磷火
我梦见自己的身体
越来越透明

辑四　食沙者

火的词句，我要诉说我的童年

————［法］阿兰·博斯凯

食沙者

每次梦游的终点
都是那张清朝的石供桌
任老汉怀抱一杆猎枪
身上好多的沙子
额头、眼睛、耳朵
灌满了沙子

那儿，墓地浮雕的
舞榭歌台还在
聂家岩的寂寞荒腔
傅粉施朱的角色
早已谢幕

枪管散发出腥味
走火的巨响中
任老汉大张着嘴
像条严重缺氧的枯鱼

朝黑夜喷出满嘴

带血的沙子

罗世芳

地主的女儿都很美
只有万恶的地主
才配得上如此
惊人的美丽

蜂腰肥臀的罗世芳
自知出身不好
用嘴唇抵御阶级
用乳房哺育斗争

最后一次见到
聂家岩的海伦
一边望着烟霞山的
波涛，一边唱道

九九那个艳阳天
十八岁哥哥坐河边
东风吹得风车转哪

蚕豆花儿香呀

罗世芳真的走了
带走欢乐和悲伤
和十八岁的养子
一起逃到了南方

三国青年

三国青年汪绍钦

娶了美人罗世芳

一把蒲扇插在屁股上

倍显风流俊赏

无论在田间地角

在大雪中星斗下

只要汪绍钦在

必然三国短三国长

刘关张说得多了

那就说永远的诸葛亮

就说姜维的胆

说明修栈道暗渡陈仓

说到铜雀春深处

吕布的快，貂蝉的美

三国青年汪绍钦

火烧黑暗指点江山

就这样，三国青年
汪绍钦顽强地活着
活在自己的韬略里
只有三国英雄
才能给他活下去的力量

骗匠姜爷

姜爷身上有两宗事物
成谜：头上盘绕的辫子
从民国到建国，究竟多长
含在门牙的刀儿
桃型锋口到底有多快

关于辫子的飞短流长
大多来源于目测与猜想
至于那把看家的绝活儿
不知骗掉了多少
脚猪们发情的雄心

姜爷好饮，每饮必醉
子夜长歌时，漫长的辫子
就在手中一段一段落下
有人实在听不下去
学着狷狂的样子唱道

"球经不懂，当骟匠！"

那一夜，姜爷真的疯了

为了验证他真的很懂球经

差点儿一刀把自己给骟掉

[注] 清省三子《跻春台》卷三《南乡井》："罪满投生人世上，去变脚猪又行房。"徐德庵《方言丛考》："说文，豭，牡豕也。今鲁东谓牡豕为豭猪，豭对转音如脚。"姜亮夫《昭通方言疏证》："昭人谓牡豕为豭猪。按说文，豭，牡豕也。豭、脚一声之转耳。"王文虎《四川方言词典》："脚猪，配种的公猪。"

何掌墨师

都知道何掌墨师
是读过鲁班书的
不仅望天凿打得好
还练就一身法术

让一棵树长久弯腰
把刨花做成的小人儿
砍出血，甚至可以
让熟饭变成生米

我没有见过充满
巫师色彩的何掌墨师
但见过他的儿子
雪亮的斧头比脸白

何家父子的墨斗线
贯穿乡村隐秘的命脉
墨汁溅到哪里，哪里就会

怒放森林的本色

据说，后来有人看见
在何掌墨师的门墩下面
压着一部涂满
雄鸡之血的书籍

锣鼓谱子

杨木匠的木匠活儿
不能与何掌墨师相比
却因打得一手好锣鼓
享有极高的声誉

在我的记忆中
杨木匠手中的锣鼓
远远不如口中的
打得好不如唱得好

手中锣鼓打得再好
也可以学到手
口中的锣鼓万卷
卷卷没有重复

在杨木匠的葬礼上
一场大雪遮住万物
包括眼花缭乱的手势
包括出自脏腑的谱子

王木匠的幺店子

王木匠有片幺店子
开在大岩河
王木匠不做木工活
专心在河上打鱼

幺店子里住着
王木匠的两个女儿
一个会唱歌一个会煮饭
让行脚的人颇为着迷

很多人就不走了
都说王木匠的茶好喝
都说王木匠的龙门阵好听
都说王木匠的鱼好吃

待我略省人事时
幺店子早就变成了灰
灰里残存着一些断瓦
还有一块破镜子

大岩河幺店子

地主罗婆婆

最先引我好奇者
是罗婆婆的两枚金牙
那儿镶着上世纪六十年代
十分罕见的昂贵物质
浓烈的叶子烟
也无法使之变得晦暗

迫于反复纠缠与祈求
罗婆婆允许我伸出右手食指
小心触及标识身份的门牙
那是我人生第一次
接近不朽之物

在孩子眼中
阁楼上的菩萨也是不朽的
菩萨与地主之间
我始终没有弄明白是统一的
还是矛盾的：菩萨像地主一样美

地主比菩萨还要善

罗婆婆身上总是带着
某种神奇的力量
不仅源于她用本草救过我的命
用阿司匹林、银针或推拿
以及各种充满幻想气质的偏方
阻挡过农民的死亡

力量之源还在于
罗婆婆曾有位北大潘先生
秘密死去的巴山才子
谈吐中也闪着金色光芒
这些事物汇聚起来
不断为乡村增加活下去的信念
聂家岩的明月照着积雪
照着吠声若豹的长夜

在我离开聂家岩的第一个春天
罗婆婆化为雪亮的涓滴
与北大潘先生一起
汇聚成另外一种江河
比黄金更加壮丽

支客师

强光聚焦成神灵的眼睛
从远远的山梁扫过来
那是支客师李寿茂扫来的

长统靴子叩击石梯
刺痛的光环时远时近
晃得女人孩子一阵阵尖叫

一场乡村盛筵的大导演
三节令人羡慕的手电筒一亮
世界就变得井井有条

大脚板神

寂寞的时候，无论是夏天还是冬天
只要爸爸叫道：大脚板神来了
聂家岩的晴空就会打响炸雷
我们几兄妹吓得缩成一团乌云
大脚板神的脚趾真大，真长啊
齐刷刷的闪电，也只是
其中几块发亮的指甲而已

李贵阳

阳雀叫唤李贵阳
铺盖帐子十二床

一到春天阳雀就叫唤
一棵树叫到另一棵树
一条河叫到另一条河
一座山叫到另一座山

阳雀叫唤李贵阳
铺盖帐子十二床

叫得人心慌，叫得人心碎
叫得人心乱，叫得人心软
李贵阳啊，你这个古代的男人
阳雀啊，你这个绝望的情人

阳雀叫唤李贵阳
铺盖帐子十二床

每叫一声每唤一声

都让春天走得近一点

每叫一声每唤一声

都让种子离地面近一点

仙人

本姓覃，名意
却被考官读错了
一次偶然的历史性误读
明朝少一个书生
林烟，多一个仙人

老林沟的柏实
可安五脏疗恍惚
久服之，肌肤如冰雪
可是，那碧绿的味道
真心好苦啊

风雨如晦亦如药
四百多年，从很远的地方
眺望烟霞山的吃苦者
道啊，非常的道
吃不吃都一样

肝肠寸寸空

惊人的美，火烧云中

经卷正在散落、变暗

面壁不如破壁

一笔一画，爪子比刀深

[注] 据《万源县志》、石刻史料及民间传说：覃大仙，本名覃意，号物外子，嘉靖八年（1529）生于四川万源曾家乡覃家坝村。自幼天赋异禀，赴京应考，因考官误读姓氏，以为名落孙山，遂出家，于聂家岩对面烟霞山老林沟食柏实，悟大道，得成肉仙。曾以手指于老林沟峭壁抠刻"笑傲林烟"，字迹犹存，令人称奇。

烟霞山

肺痨主任

李大爷一边吸着
长柄铜烟杆，一边望着
二儿子李主任的北屋

高小文化程度的李主任
肺痨、能言、多子嗣
显赫中带着隐士之风

生产队要汇报工作
就站在屋子外面，那情形
有点垂帘听政的意味

李大爷猛地吸进叶子烟
掌握聂家岩权柄的李主任
吐出最后一口血

搭梯子的小矮人

在聂家岩
经常可以见到
一把长长的移动的梯子

夏天的太阳
将梯子的影子拉得更长
拉到院子尽头的尽头

梯子斜斜站在
云的墙边风的阁楼下
已经很久了久得快要垮掉了

搭梯子的小矮人
将梯子移来移去的小矮人
差点儿从梯子上摔死

辑五　看火车

世上可有任何事物

比雨中静止的火车更忧伤？

——［智利］巴勃罗·聂鲁达

看火车

1. 火车之蛇

那年还不到十岁

为了见到火车

我跟着哥哥

从聂家岩出发

梦中的轰鸣犹在回响

响滩子河冲洗着清澈的旭日

料峭额头

穿过早春的桐子花和马耳草

滴血成珠滚落食指

一路急行　奔向罗文

只有在那儿

才能见到火车压过大地

我不断问　你没有骗我吧

哥哥让我把耳朵贴向青石板

诡谲地眨着眼睛　听见没有

听见没有

我用力把嫩叶般的耳朵压平

把耳朵嵌进石头里

好让耳膜更加接近火车的幻影

在心跳之外　冰凉的世界

死亡般安静

这时　山峦微微抖动了一下

哥哥突然叫了起来

一只斑斓的幼蛇

飞速划过我的耳际

2．火车之虎

大约到了晌午

朝拜火车的旅程变得清晰

我和哥哥坐在木制的古旧廊桥上

望着山峰交错的远方发呆

快了　那儿就是罗文

哥哥宽慰着一颗朝圣的心

现在想来　一列乌黑风掣的火车

有时的确具有某种神性

越过时间　光明或黑暗的隧道

驶向蒙昧之地

火车的本质就是未知　不可知

在迷途的铁轨上

轰轰隆隆　来来去去

仿佛一只……

在纷繁的世间出没

对了　就在那座快要倒塌的廊桥上

我第一次听见了火车的声音

那振聋发聩的声音

只有猛虎的嘶吼才能相比

一只乌黑的记忆之虎

刺破童年和亘古的孤寂

3.火车的黄昏

直到黄昏

我和哥哥终于到达罗文

没有尽头的铁轨就踩在脚下

钢铁多么明丽啊

我俯身下去

甚至可以看见西天的晚霞

和寥落的星辰

哥哥快速拉起我闪开

来了　来了　来了

火车　真的来了

枕木下的碎石发出瑟瑟之响

整个黄昏都被火车照亮

火车仿佛不是从岩石中呼啸而出

而是来自另一个国度的威武使者

我贪婪地打量着它

红的轮　绿的身　银的烟

哥哥得意地指着巨大的

黄昏中的火车

转瞬即逝的火车

烈焰般夺目的火车

瞧　没有骗你吧

这就是火车

这—就—是—火—车

看火车

大尖山和响滩子

大尖山的形象是神圣的
太阳准时升起又落下
无论从哪个角度观看
都像天安门城楼

大尖山还有自己的巨门
虽然谁都没有见过
人们都知道，大尖山的
金钥匙藏在哪儿

每次经过响滩子，妈妈
都会指着琮琮琤琤的碧潭
"就在那儿，就在那儿
十根腊竹篾也打不底"

"大尖山的金钥匙
为什么会藏在响滩子"
像是一桩令人费解的禅门公案
迄今无人解开秘密

响滩子

碑岩河

碑岩河有两件事物难忘
碑岩河的泉水，只有一小窝
永远也喝不尽
还有一块清代的石碑

石碑很小，高不足一米
四周布满缠枝花纹
镌刻的字迹磨灭很多
笔风清雅：至若春和景明

听说碑岩河已经通了汽车
我的碑岩河我的石碑啊

三溪口凉桥

聂家岩的穷孩子
也有自己的米拉波桥
那时还很小，还不懂得
爱情会像流水一样

我的米拉波桥
是一座具有晚清风格的凉桥
三条小溪耳语的凉桥
从寂寞通向欢乐

儿时的巴黎
罗文镇就在眼前
铺满碎石的大马路就在眼前
铁轨和火车就在眼前

昨晚，我又梦见横跨在文明
与荒野交界的简单建筑
无限眷恋的神仙靠啊

来自溪水的透心凉

要多久才能穿过米拉波桥
或不足十米的旧木桥
一刹那，还是一生
夜来临啊钟声响

三溪口凉桥

鸭嘴

石头砌成的鸭嘴
从罗文镇的街头
一直伸入后河的腮

沿着青铜般明亮的嘴壳
有人洗干净了衣服
有人滑进水里

时光比流水更具突击性
不管是什么嘴
都无法含住

罗文镇

陈姨的布鞋

1979 年秋天
我就要告别聂家岩
曾经设想过很多种
抵挡的方式

当我回头
望着香樟树
望着外公的池塘
望着青瓦一片片吹落

才知道：告别
是无法抵挡的
陈姨熬夜缝制的布鞋
也无法抵挡

念去去，千里烟波
一双黑帮白底的鞋子
能抵挡多少沙砾

崎岖山河

就算是铁鞋
也早已踏破

捉螃蟹

安达曼的每朵波浪
都会带来印度洋的
意外之喜：神仙鱼
珊瑚、星星、盐粒
或一只小小的螃蟹

在异乡的黄昏，我
试图重返童年时代
捕捉一名蛮横战士
看看那精致的腔肠
还有那对锋利钳子

和聂家岩溪流中的
小家伙有什么区别
瞧！在落日返照中
指甲大小的蒲公英
跳跃着透明的光斑

眨眼间就不见踪影
用节肢摆脱了引力
将微沫变成了飞船
究竟回到大海还是
天空中则不得而知

黑暗来临的安达曼
郑和避风的安达曼
你赐予人民那么多
珍珠、那么多黄金
那么多白沙和福祉

无尽藏的安达曼啊
请赐我一只螃蟹吧

石岸口歌谣

石岩口石岸口
童年时代小鱼篓
跳着鱼儿和悲伤
正好青梅下苦酒

石岸口石岸口
少年时代一只斗
进的进去出的出
粮仓未满白了头

罗文月亮金裹玉
石岸口啊不停流
一粒沙子也抓不住
异乡人儿不松手

石岸口石岸口
汹涌揣进旧衣兜
游遍天下丢不掉

怀中豹子在嘶吼

石岸口石岸口
爱不得也恨不得
好想现在就咬一口
你的波浪和石头

辑六　金沙与雪山

你背起自己小小的行囊

你走进别人无法企及的远方

———〔美〕安德鲁·怀斯

我的两地书

Oh God，we are so close yet so far.

——Ludwig van Beethoven *Immortal Beloved*

1. 缘起

1981 年大二暑期
我从北碚回到川东乡下
偶然在迟滞数日的报纸上看见
川北重镇南充暴发大洪水

百年波涛淹没了街道、学校
和工厂，甚至起伏的山峦
而爱穿百褶裙的可可
就住在紧邻南高的涪江路

我借机修书一封问安
平生第一次把充满关切
和古典精神的书信写给女同学

写给未知的恋人

半月之后，那个会跳芭蕾而且
考试成绩总是比我好的果城少女
居然回信了。信里写到：
向小先生，听说你喜欢杜诗

唉！我能把 1400 多首杜甫诗歌
脱口背诵出来又如何？
聂家岩的少年维特
独自躲到香樟树下漫卷诗书

2. 劳燕

1983 年秋天至 1986 年夏天
我在天津南开读研究生
可可在重庆西师附中教书
那年头，当然没手机更没网络

唯一可以依靠的古老联络方式
不是烽火或铜镜，而是
在红蓝相间的花边信封上
贴上八分钱邮票加上漫长的煎熬

每天，劳燕准时分飞校门口

等待从呼啸的墨绿色邮车

衔走难以言传的希望与绝望

上午一次下午一次

两颗张皇无助的青春

在枯荣之间反复驿动

颠簸。来信即是纸上天堂

失信的情绪比炼狱更苦

3. 箱子

1000 多封南来北往的锦书

都被可可逐一编上号码

然后装进那只草黄的帆布箱子

一件父亲 1955 年迎娶母亲的聘礼

考上大学时，父亲用手

慌乱遮住箱子一角

小声叮嘱我：带上它吧

只有最宝贵的东西才能放进去

在箱子的右上角
刺目地露出一条刀口
上面排列着整齐精致的针线活儿
那是父母年轻时的生活痛痕

在残酷的环境中难有完美之物
母亲花了很长时间才弥合
我和可可将所有的疯话
所有的雨丝风片一齐锁进箱子

4. 高阁

记得上一次整理信件时
女儿刚刚出生。可可说
将来一定要让她看看父亲
和母亲是如何相爱的

这话仿佛昨晚才说出
不然，怎么会这般清晰又伤神
满怀心事的箱子一直束之高阁
女儿一天天长大，却再也没有打开

不是因为放得太高太沉，而是因为

有一丝畏惧或太多的珍惜

仿佛要以一种宗教的庄严情感

去守护一段尘封的苍茫岁月

5. 虫疑

可可一直很担心

虽然没有说出口来

我知道疑心所在：可能的虫子

那些热爱文字和相思的凶猛之物

由时光潜心饲养的阅读小宠

会不会一字字一句句一页页

一封封吃掉我们的两地书

吃掉我们的青春、泪痕和失眠夜

吃掉嘉陵江的半轮明月

吃掉海河的三尺积雪

6. 银梯

2014 深秋

和可可在丽都花园散步

又一次谈到了书信、箱子！

我下定决心从上面取下来

我想看看那一箱见证
两代人心灵秘史的多维度空间
会有什么奇异的花朵绽放
会有什么密林的气息从高处落下

当我爬上银色铝质梯子
就要触及生锈的黄铜锁扣时
双手又触电般缩了回来
我俯身面对恍若附中时代的可可

万一，我是说万一它们
变成碎片变成寂寞又炽烈的废墟
怎么办？要不还是等以后
女儿亲自来打开

一转眼女儿研究生就毕业
就恋爱、结婚、工作了
我从冰凉梯子上退下来
那一刻，真的觉得有些时不我待

7. 不朽

我和可可的两地书迄今还紧束着

束在不欲轻启的回忆暗箱里
至于可可担心的事情
如果真有，必是命运刻意安排
再美丽的箱子也会有裂缝
再动人的手札也可能遭虫蛀
或许那是以另一种方式
更为不朽的繁衍方式在腹藏
在传递只属于我和可可的两地书

青城山门

金沙对白

——致金沙遗址

世上两种物质

一个昂贵　胜时间

一个廉价　如风尘

原本形同陌路

而今难分彼此

——题记

金的独白：

少就是多

岩中之我

埃及之我

有何不同

沙的独白：

多就是少
恒河之我
沙漠之我
了无分别

金对沙：

高贵寄身于卑微
沙是我的故国
无论走多远
我都要回来

沙对金：

好比一场旅行
从波涛开始
从南方开始
从象的墓园开始

金对沙：

你说到象

踏碎峰峦的神
雪白的牙
深藏于此

沙对金：

是啊
回头望去
空虚的大道
都是你的影子

金对沙：

只有这儿
我们纠缠在一起
就算是暴风
也难以分离

沙对金：

此刻　成都之秋
有人跪于岷江

双手采掬月色
像佛陀捧起苦难

金对沙：

这儿　水草丰盛
万物向着太阳
却仍然留不住
去的就去

沙对金：

只要一松手
就结束
但结束并不意味着什么
比如……死去

金对沙：

死去
或者重生
如同斑斓的茧

等待的只是时间

沙对金：

说得真好
现在我终于明白
为什么我们会成为
时间的遗址

金与沙：

世上两种物质
被四只鸟所煽起的烈焰
熊熊焚烧起来

观察西岭雪山的十三种方式

1

打从杜甫看见之后
就再也没有融化过一滴
杜甫用干净的诗歌和眼神
磨亮天上的雪山
磨亮心中的冷
和爱

2

其实，杜甫看见之前
就一直堆积在那儿
乌云堆积着白云
西风堆积着东风
你堆积着我

3

现在或将来，它还在

必须在，不能不在
只是越来越不容易看见
遗世而立的白色君王
离成都越来越远
美，远离了美
雪远离雪

4

不要责怪空气
不要责怪土地
不要责怪轰鸣
不要责怪慢慢退化的
视网膜

5

我们浑浊的生活
遥远的理想
我们逝去的青春
无尽的欲望
我们蒙尘的明镜
推不开的西窗

6

雪山与成都
隔着多少片深谷
我们与雪山
隔着多少重渊

7

你想看到雪山
雪山不一定想让你看
你看得起雪山
雪山不一定看得起你

8

西岭的雪山
晨光或暮色剪来的雪山
是白银、缘分和遗憾
炼成的内丹
饮一粒闻一次
就足以成仙

9

要见到见不到的壮丽面孔

要见到冰雪的惊鸿

得下一番苦修的功夫

得落泪

落魄

10

和雪山一起寂寞

和雪山一起崩塌

和雪山一起傲立

和雪山一起承受

和雪山一起反射

11

最好把自己变成

雪山的一部分

你的眼里你的心里

你的呼吸你的谈吐

要飞雪

12

悬浮千仞的象征

高不可攀

又触手可及

箴言般警醒的光辉

不可理喻

却透彻心扉

13

西岭雪山啊

永不熄灭的蜀人灯盏

一年一年，一代一代

万古愁中白了头

图书在版编目(CIP)数据

我的聂家岩/向以鲜著. —上海：华东师范大学出版社，2018

ISBN 978-7-5675-8214-9

Ⅰ.①我… Ⅱ.①向… Ⅲ.①诗集—中国—当代 Ⅳ.①I227

中国版本图书馆 CIP 数据核字(2018)第 190219 号

华东师范大学出版社六点分社
企划人 倪为国

我的聂家岩

作 者	向以鲜	
责任编辑	古 冈	
装帧设计	蒋 浩	
插图作者	向以桦	

出版发行 华东师范大学出版社
社 址 上海市中山北路 3663 号 邮编 200062
网 址 www.ecnupress.com.cn
电 话 021－60821666 行政传真 021－62572105
客服电话 021－62865537 门市(邮购)电话 021－62869887
地 址 上海市中山北路 3663 号华东师范大学校内先锋路口
网 店 http://hdsdcbs.tmall.com

印 刷 者 上海盛隆印务有限公司
开 本 787×1092 1/32
插 页 1
印 张 6.5
字 数 120 千字
版 次 2018 年 9 月第 1 版
印 次 2018 年 9 月第 1 次
书 号 ISBN 978-7-5675-8214-9/I·1957
定 价 58.00 元

出 版 人 王 焰